摄手记

王寅

三联书店

漫步、等候、期待，因为摄影，每一天的时间都比平时流逝得更快，一如鲍德里亚所描述的街头摄影状态："有一种把自己委身于幸福的偶然性。"

目录

亲爱的阳光，我的蝴蝶
你为什么围绕着我旋转
我的诗篇是马背上犹豫的盐粒
是旅途中羞怯无比的邮差

卡托维茨·雪·诗歌朗诵会

在黄昏的风雪中，我去了卡托维茨一座建于中世纪的剧院。

时间还早，剧院里有诗人和着乐队在台上合练。舞台上的大屏幕播放的是深海游鱼的鲜艳画面。一个诗人戴着墨镜，坐在椅子上朗诵诗歌，拖长的音韵、不断反复的词语和爆炸性的节奏，让我一开始还误以为这是摇滚乐。

20兹罗提［兹罗提与人民币之比为1∶2.5］一张门票的朗诵会座无虚席，气氛热烈，朗诵也着实精彩，舞台上的声光效果和精心的编排令人耳目一新。登台亮相的诗人也各有绝活，有的朗诵完了，在钢琴上与乐队合奏了好几首爵士乐，其水准绝对够得上开独奏音乐会了。我提着沉重的照相机上上下下，前后左右，拍了个过瘾。诗会的组织者、诗人巴特克后来对我说：我还以为来了一个记者呢。

Cricot 2
KIEŚLOWSKI
ODKRYWANIE PO LATACH
WYDARZENIA 2005

在朗诵会接近尾声的时候，我在观众席的后排座位中，发现一个戴眼镜的观众正在秉烛阅读。由于光线昏暗，我把感光度调到1600，连续按了好几下快门，直到第六张才拍到满意的效果。这位年轻的观众注意到我在拍摄，回头微微一笑。

红色的绒线帽和红色的绒线手套，蜡烛放在玻璃杯盏里，蜡烛下面垫着咖啡豆，就着微弱的烛光，这位观众正在阅读的是印在朗诵会简报上的诗行。这些细节都是后来在电脑看照片的时候才看清楚的。

朗诵会结束的时候，已是深夜，室外风雪弥漫，剧院大门开处，飘飘洒洒的雪片旋转着飞进狭小的门厅。

门外已经是白色的波兰。

Siemianowice Śl.
Koszutka
4 79
Wrocław
Poznań
4 79
Kraków
Łódź
Bielsko B.

冬天的第一场雪

参加完诗歌朗诵会，回到旅馆，已是深夜。走廊里传来莽汉喝多了的高声叫嚷和不停地关上房门的声响。也许是兴奋，也许是因为时差，总是睡不着。半夜好几次起来，趴在八楼的窗台上向外看去。鹅毛大雪越下越密，昏黄的灯光中，夜班公车缓缓驶过，卡托维茨宽阔的街道已经变成白色。

这是波兰今年的第一场雪。

天终于开始亮了，楼下的停车场里，有汽车开始启动，车轮辗过积雪，车辙在雪地上留下黑色的弧线。没有被踩踏过的路面还是一片洁白，绿色的路牌和挂满白雪的行道树构成画面的主体。我把相机换上长焦镜头，隔着厚厚的两层玻璃窗，等待早起的路人出现。一个穿大衣、戴帽子的女士从远处走来，走到了我要的位置，按下快门。行了！

night
club

早晨，空气凛冽

早晨，空气凛冽，雪后的街道泥泞不堪，店家在人行道上铲除积雪，有着坦克履带般车轮的公交车满载乘客轰然来去。

穿过铁路下方的人行通道，来到一条僻静的街道，路面的积雪上只有很少几个足印。街边停着一辆红色的小汽车，车顶上装饰着一个小火箭，白色的积雪盖满了车顶和车窗。车身两边喷绘着身穿比基尼、眼神迷离的热辣女子，赤裸的肉体和冰冷的积雪形成了鲜明的对照。车上写着“night club”的字样，原来这是夜总会的广告车。街道对面古旧的石头建筑里就有一个规模颇大的夜总会。

晚上，夜总会乐声激荡，灯火灿烂，白天醒目的广告车悄无声息地沉浸在无边的黑暗和飘飞的雪花之中。

夜行马车

克拉科夫街头尽管有大幅的戏剧海报，老城中也有不少历史悠久的剧院，但是，晚上兴冲冲地按图索骥找去，剧院却是黑的，无戏可看。

无奈只得找了一家名叫Lily的咖啡馆，在烛光下喝热腾腾的红茶。店堂内布置极其摩登，集束的灯光效果如同舞台，照亮着墙上的大幅黑人爵士乐手的肖像。

一窗之隔的老城街道上，小汽车和夜行马车飞奔而过，汽车余下的是白色的尾气，马车留下的是经久缭绕的马蹄声。

MIESZKANIE
kung fu
STUDENCKIE BIURO
"GAUDEAMUS"
WOLNOŚĆ SŁOWA
NA BIAŁORUSI
Relaksacja
Tel.: 626 12 38
www.clf.pl

Bezpłatne Zgłasza
MIESZKANIA
WOLNOŚĆ SŁOWA
NA BIAŁORUSI

电线杆上的广告招贴

冬天，在克拉科夫踏雪而行。

街头的电线杆上，青年男子的嘴被灰色的胶带死死地封住，只露出眼睛和紧皱的眉头。

电线杆上方层层叠叠的广告纸里，露出一角“kung fu”[功夫]字样的广告，但是已经被新的广告覆盖。

在克拉科夫，你会不断与这样的男子不期相遇，他们在破损的墙壁上，在昏暗的街角处，尽管他们的相貌和年龄不尽相同，但却无一例外地被封住了嘴，他们的眼睛里有着一样的表情。

奥斯维辛——比克瑙

在纳粹的数百个集中营里，名气最大的就是奥斯维辛。

比奥斯维辛更大的集中营是奥斯维辛第二集中营——比克瑙。由于一号集中营不堪重负，纳粹在距离奥斯维辛不远的地方兴建了比克瑙，很多熟悉的电影场景都是以这里为背景拍摄的——满载犹太人的死亡列车穿过褐色塔楼下标志性的拱门进入集中营，铁轨的终点是大大小小的毒气室和焚尸炉。巨大的集中营里保留了所有的建筑和内部陈设，粗糙简陋的砖房密密麻麻伸展到天边。

在当地语言中，“比克瑙”意为桦树林草地。但是，比克瑙成为比克瑙之后，这里只剩下冬天。

天上飘落的雪是湿润的，落下来就化成水，结成了冰。

再没有比这座人间地狱更让我感到彻骨寒冷的地方了。

在汉堡遭遇「披头士」

绳索大街是汉堡声名狼藉的区域，这个在欧洲也数得上的红灯区行人寥寥，只有不多的几个观光客在那里拍照。

总是有大巴载着游客停在大自由大街39号门前，这里是“披头士”乐队发迹的星光俱乐部旧址，现在是一家夜总会。

1960年秋天，四个来自利物浦的年轻人开始穿梭于绳索大街的各个俱乐部，每天近乎疯狂地演出六至八个小时。他们的第一张唱片《我的爱人在海的那边》就是在汉堡录制的。两年以后，“披头士”从汉堡走向了世界。

从高处看去，新落成的“披头士”广场就像一张巨大的唱片，广场中央是“披头士”乐队的塑像。四个“披头士”伫立在凛冽的寒风中，一如他们年轻时的模样，一任我们想象他们清新的歌声。

明斯特的壁画

按照当地朋友发来的短信，经过两颗红樱桃的雕塑，顺利找到进入明斯特老城的道路。

很快我被路边的三个人吸引——一左一右两个青年男子东张西望，金发女子正要打开自行车的车锁。定睛细看，才发现这是墙上的一幅壁画，两个男子是画中人，隔在他们中间的是一大扇画在墙上的窗户，只有金发女子才是现实中的活人。画内画外的三个人在这一刻构成了互为彼此的关系。此时，金发女子推起自行车正准备离开，本能促使我按下了快门。我只来得及拍下一张照片。

一秒钟以后，女子就推着自行车离开了，只留下斑驳的阳光照在壁画上，照在那两个始终在东张西望的男子身上。

迷途

在我生活的城市，乘车坐反了方向，或者坐过了站，会立刻回到正确的路线上来。但是，在国外旅行时发生同样的情况，会干脆将错就错，去享受迷路带来的意外发现。

在柏林，坐轻轨去东柏林，看见道路两边画满了涂鸦，立刻下车，跟着涂鸦一路拍去，突然撞见一家久觅不得的军需用品商店。

地铁坐过了站，索性上到地面，眼前是一个占地甚广的墓地，墓地控岂能放过，没想到门德尔松等人就葬在这里。

经过几条僻静的街道，突然看见漂亮的新书装饰的橱窗，窗边坐着一个正在看书的女子。原来这就是柏林最大的杜斯曼文化书店，得来全不费工夫。

走出书店，已是黄昏，行色匆匆的人们走过峡谷一样狭长的街道。夕阳也模糊了那一头迷途的金发。

再也不会老去的时间

谁曾经到过这里，曾经在这里坐过，克格勃？斯塔西？FBI？

东西柏林交界处的一家餐馆，大而无当的空间，只在窗口放了这一张小桌、一把木椅和两把表面破损的沙发。

墙上糊满泛黄的旧报纸和广告招贴，好像岁月的寻人启事。水杯、烟灰缸、落地灯，所有的陈设都是老旧的款式。

你想到了冷战小说，想到了《窃听风暴》，那些随波逐流的人们，那些无法苏醒的噩梦。

现在，谁还会坐在这些椅子上抽一支烟，喝喝咖啡，聊聊天气，是那些乔装改扮的间谍，还是再也不会老去的时间？

峡湾里的海鸥

航行在挪威的峡湾，成群的海鸥亦步亦趋地跟随着游轮飞行。

同行的朋友举起撕碎了的面包，海鸥们立刻旋风般自天而降，它们轮流俯冲，在半空中急停刹车，急速振翅，像直升机那样原地盘旋，然后准确地衔走面包，瞬间消失。

我第一次如此清楚地看到海鸥的表情，看到它们晶亮的眼睛、颤抖的羽毛、黄色的喙和双翅黑色的尖端。

谁也无法预知海鸥的飞行方向，但会记住它们自由飞翔的姿态。

积雪

罗本是一个十分精神的挪威小伙子，也是三个孩子的父亲。他经营的咖啡店兼陶瓷艺术品商店是一座红色的木头房子，紧挨着勒罗斯教堂。去过勒罗斯的游客，很少有人不去光顾他的咖啡馆。

这天上午，罗本带领我们穿过教堂后的墓地。他介绍说，如果有人在冬天去世，由于土地太硬，遗体只能停放在木屋里，等到来年天气转暖再入土。他小时候就曾经和小伙伴趴在窗户上，张望过停放奶奶遗体的木屋。说到童年的顽皮，罗本忍不住笑了。

墓地里笔直的云杉枝叶落尽，积雪闪着耀眼的光芒。也许是走得热了，也许是累了，罗本突然用右手摩挲起脸部。

我按下快门的时候，看不见罗本的脸，却得到了这张和墓地氛围非常吻合的照片。

白色的马

七月的一个早晨，挪威弗德民间音乐节。

按照当地的惯例，来自世界各地的音乐家们将会坐上马车，在小镇的主要街道上游行。

游行开始之前，一个身穿民族服装、头顶黑呢礼帽的妇人突然转身，把头靠在马的前额上。白色的马也随着闭上了眼睛。她和心爱的马互相抵着头，好像在低低地耳语，也许她什么也没有说，也许这只是他们之间一种约定俗成的仪式。

这个瞬间只有十几秒钟，她回过头来，表情一如平常，牵着马加入到向前行进的游行队伍之中。

下午的厨娘

戴上软边布帽，系上围裙，围上披肩，这位奥斯陆大学的女生立刻摇身一变，成了 18 世纪的厨娘。

这是她的暑假，每天下午，她都会来到挪威民俗博物馆，在小木屋里辅导前来体验过去时代农村生活的小学生们，教她们学习社交礼仪、舞蹈、烹饪和缝纫。

黑色的猫在看不见的地方打盹，草木的芳香拂过角落里的竖琴。

明亮的自然光透过狭窄的玻璃窗，照亮了下午的厨娘低头端起牛奶壶的瞬间。

海风中的彩色气球

在飞往伊斯坦布尔的航班上，看到一部土耳其电影，主人公每天坐轮渡穿过博斯布鲁斯海峡，影片叙述缓慢，灰褐的色调酷似帕慕克忧伤的笔触。

但是，六月的伊斯坦布尔不是支离破碎的老电影，也不是黑白的历史明信片，昔日的拜占庭和君士坦丁堡除了阳光，还是阳光。

这天中午，我穿过坍塌的古罗马城墙，来到马尔马拉海边。

一把气枪对着一排在海风中颤抖的彩色气球。站在一旁的摊主面带微笑，邀请我试试身手。

我没有找到帕慕克笔下那午夜一样黑暗的旧都，只看到五彩的气球跳跃在明媚的海面上，与对岸亚洲的天际线融为一体。

他乡的分身

伊斯坦布尔的黄昏，人们纷纷加快脚步，争先恐后通过加亚太大桥下的通道，他们躲避狭长通道里的黑暗，就像躲避一场暴雨。

只有这个坐在墙根的男人，拿着一根塞在嘴里的棒棒糖，对眼前的一切视若无睹。他身边女孩蓬松的头发，在逆光中就像一朵正要飞起的蒲公英。

每一张照片都是摄影师的自拍像，我拍下它，并唯独在众多的照片中选中了它，也许恰好拍到了某个深藏不露、连我自己也不自知的隐秘时刻，也许这个男人是我在他乡的某个分身，无所事事、失魂落魄、茫然无助。

泰晤士河上的千年桥

“孤独星球”的《伦敦》分册里有这样的观赏指南：“蜿蜒的千年桥为观赏圣保罗教堂到泰特现代艺术馆的优美景致提供了一条捷径，不过高峰时间除外，那时的景色被上千个过桥人挡住了。”

我来到千年桥的时候，正值夕阳下山，不断有下班的行人从桥上经过，他们全都行色匆匆，无暇顾及金色的阳光和闪亮的河水，这些连回家也要冲刺的伦敦人远要比呆板的景观有趣得多。

这个穿着整齐的男子低头整理着上装口袋，悠闲信步上桥，他也许正要去对岸参加派对，也许正要去赴一场约会。他头上的礼帽却像一朵轻易就会弄脏的白色花朵。

本初子午线

去格林威治，除了在高处俯瞰伦敦市容，就是到皇家天文台看本初子午线，游客挨个排队站在这条虚拟的分割线上拍照，过一把两脚横跨东西半球的瘾。

黄昏的时候，我向山下走去。初秋的夕阳就像舞台上的追光，照亮了道路左侧一处平缓的斜坡，一个女子背对道路，右手燃烟，盘腿端坐。夕阳把她瀑布一般的披肩长发染成了近乎苍白的颜色。

经度起点的寂静就像抽空了的空气，草坪上有灰色的松鼠在跳跃，也许还有更多更微小的生物在互相追逐。她对这些都视而不见，只是安静地坐着，想着我无从得知的心事，听着我听不到的隐秘的声音。

布朗饭店的克里斯蒂下午茶

在伦敦布朗饭店品尝克里斯蒂下午茶，是阿加莎·克里斯蒂体验之旅重要的一项。布朗饭店是阿加莎·克里斯蒂的小说《伯特伦旅馆之谜》中的伯特伦旅馆的原型。茶点共分三层，最下层是三明治，中层是松饼，上层是各色甜点。每人要价 50 镑，茶点无限量供应。

最上层的甜点是阿婆小说中出现的甜点大汇串，每一种都有来历和出处，从《怪钟疑案》里钟表表面装饰的蛋白杏仁饼干顺时针往下，依次是《阳光下的罪恶》里的柠檬馅饼、《尼罗河上的惨案》里的蛋糕、《红色信号》里的覆盆子冰淇淋和《伯特伦旅馆之谜》里的罂粟籽纸杯蛋糕。

阿加莎·克里斯蒂［Agatha Christie，1890 – 1976］，英国侦探小说家、剧作家。

卢塞恩的音乐节

到达卢塞恩的那一天是周六，小城人山人海、热闹非凡，与平日里的寂静全然不同。罗伊斯河两岸的街道上密密排列着出售食品和花卉的小摊，麦糠桥以西则是跳蚤市场的市面，便宜到分、角的商品让人大出意外。

一年一度的瑞士联邦音乐节也在这里举行。我追随着身穿各自演出服的各支乐队穿越教堂桥，进入城市的大街小巷。扛着铜管乐器的乐队占据了文化会议厅前的广场、教堂前的空地、河边的林荫道和游轮码头进行演出，连瓦格纳故居所在的特里布斯钦小镇也有音乐节的分会场。

傍晚，音乐会依然高潮不断，在罗伊斯河边的普菲斯特街上，一队白衣白裤的歌者，手里拿着曲谱，分五列排成方阵。指挥在队列前给出节拍，歌者们在移动中口中

BUBENDORF

6. Juli 2006
Stadion Allmend
www.spitzenleichtathletik.ch
LUZERNER ZEITUNG
Luzerner Kantonalbank
SPORT HEART

念念有词，时而向左，时而向右；时而蹲下，时而起身，逗得街道两旁的观众乐不可支。

音乐节接近尾声时，一个乐队的旗手默默地在河边走着，他的肩上扛着不再招展的旗帜。他的沉默、缓慢与他身后广告牌上正在起跑的运动员的身姿、与已成欢乐海洋的城市形成了对照。

在旅途中，你永远不知道接下去会遇到什么，会拍到什么。但是，火花往往闪烁在日常生活无声的分秒之间。

死于玫瑰

拉龙教堂的后花园里墓碑林立，每一座墓前都栽有鲜花。里尔克的墓在教堂南墙下方的正中间，这里是教堂花园里最好的位置，阳光长时间地温暖着墓穴之中诗人的灵魂。墓地正前方视野开阔，越过教堂的木石围墙，河谷中星星点点的村庄和镜子般闪亮的湖泊一览无余。远处群山环绕，山顶上依然有着白色的积雪。

拱形的墓碑镶嵌在教堂的墙上，墓碑上镏金的诗句是里尔克自撰的墓志铭：

玫瑰，呵，纯粹的矛盾
乐意在这么多眼睑下
作前无古人后无来者的睡梦

墓石旁布满细小的白色碎石，墓前种着鲜艳的红玫瑰。患有白血病的里尔克正是在采摘玫瑰的时

RAINER MARIA RILKE
ROSE, OH REINER WIDERSPRUCH,
LUST,
NIEMANDES SCHLAF ZU SEIN
UNTER SOVIEL
LIDERN.
1875
R M R

候被刺破手指，引发急性败血症不治身亡。

墓前树立着一个小小的木制十字架，横置的木条上刻着里尔克姓名的首字母R.M.R，竖立的木条上刻着诗人的生卒年份1875—1926，长年的风吹日晒，十字架已经变成灰色。

莱纳·玛利亚·里尔克［Rainer Maria Rilke，1875 – 1926]，奥地利诗人。

躺在那儿听狮子的吼叫

詹姆斯·乔伊斯在苏黎世去世后，根据生前的遗愿，他被安葬在苏黎世动物园旁的弗伦敦公墓，他的妻子诺拉曾经说过："他非常喜欢这些狮子——我愿意想象他是躺在那儿听狮子的吼叫。"

乔伊斯的墓在公墓最深处，墓地很大，铺满绿草，墓前有几束已经枯萎的鲜花。乔伊斯雕塑跷着二郎腿，左手拈烟，右手端着打开的书本，展开的书页上有游客留下的几枚欧元硬币。

这件出自雕塑家弥尔顿·赫巴特之手的作品，可能参考了乔伊斯和庞德等人1923年在巴黎寓所的合影，在那张照片上，乔伊斯两腿交叉，身体前倾，镜片闪烁，一脸的玩世不恭。

詹姆斯·乔伊斯［James Joyce，1882 – 1941］，爱尔兰小说家。

SIMONE
19

Par Simone,
Merci beaucoup pour tout ce que vous
avez écrit. Je vous aime.
You have changed my life.
Haley

烈日骄阳下的蒙巴纳斯公墓

六月的巴黎出人意料地炎热起来，寂静的蒙巴纳斯公墓也不例外，炽烈的阳光直晃人眼。

公墓里最热门的是萨特和波伏娃的合葬墓。波伏娃的影响力显然要更为持久，众多的女读者视其为精神导师，在墓石上总是可以看到她们手写的信笺、便条和在墓碑上留下的鲜红唇印。

这天下午，我在墓地一角，看到了两个衣着时髦的年轻女子，金发的是白人女子，打着伞的是黑头发的亚裔，她们并肩坐在一块墓石上。

我在公墓里走了一大圈，看到她们仍然坐在那里，金发女子甚至还到公墓外买了两瓶水回来。没人知道她们为什么要在墓地里待这么久？寂静中，金发姑娘高抬双手，在脑后整理头发，打着伞的女子依旧身体前倾，沉默不语。

她们在烈日骄阳下，肩并肩坐

在别人的棺木上，年轻的身体与水泥中腐烂的尸体近在咫尺，青春与死亡一线之隔，像极了一部超现实主义电影的场景和一篇魔幻小说的情节。

让－保罗·萨特［Jean-Paul Sartre，1905 – 1980］，法国思想家、存在主义作家。

西蒙娜·德·波伏娃［Simone de Beauvoir，1908 – 1986］，法国存在主义作家。

PIEDRA NEGRA
UNA PIEDRA BLANCA
un día del cual tengo ya el recuerdo.
Me moriré en París
tal vez un jueves, como es hoy, de otoño.
Jueves será, porque hoy, jueves, que proso
los versos, los húmeros me he puesto
con todo mi camino, a verme solo.
allejo ha muerto, le pegaban
sin que él les haga nada;
an duro con un palo y duro
con una soga; son testigos
jueves y los huesos húmeros,
dad, la lluvia, los caminos

塞萨尔·巴列霍墓

在蒙巴纳斯公墓，遍寻不着塞萨尔·巴列霍的墓。只得向一个清洁工求助。

“他是秘鲁诗人，就葬在不远。”清洁工边走边回头看我：“你是秘鲁人吗？”

“我长得像秘鲁人？”但是我只能把疑问留在心里。

诗人的墓前放满了各种纸片、各种形状的小石头、诗人的照片、天使石膏像、蜡烛、机票、身份识别卡，大多是秘鲁和拉美人留下的。一张已经破损的白纸上有着诗人准确预言了自己死亡时刻的著名诗句：“我会死在巴黎，在一个下雨天。”

巴列霍墓前的纪念品远远超过公墓里的其他诗人。一个人的作品传世与否，只要去看一看墓碑前鲜花和纪念品的多少就可以判定。

塞萨尔·巴列霍［Cesar Vallejo，1892 – 1938］，秘鲁诗人。

卢浮宫外

暴雨过后，穿透云层的强烈阳光照耀着古老的街道。一个老妇人拄着拐杖，在卢浮宫门外弯腰乞讨。这个老妇人前几天在左岸已经见过多次，我再次端起相机对准了她。

就在此时，我的眼角看见一个肩背挎包的年轻男子正大步流星闯入画面。我要做的是等待一秒钟——让男子从老妇人身前经过，以免两人身影重叠——再按下快门。

男子手中遮阳的报纸投下的阴影正好落在眼睛的部位，就像一抹黑布遮蔽了他的双眼。

巴黎之吻

运气竟然会发生在同一个地点，三月在卢浮宫前拍过青年和乞丐的照片。秋天，来到巴黎的第一天，在骑战桥上等朋友开车来接。几乎是在同一个位置，运气再次来到，只不过这次是背对卢浮宫，面对骑战桥。

一男一女两个骑自行车的青年在路边迎面相遇，他们并不下车，坐在各自的车上热烈地交谈，我在一旁端着相机等着。临别的时候，青年女子一把拉住戴眼镜的男子，一而再、再而三亲吻，在他们的周围是奔驰的车流和匆匆而过的行人。

这真是一个良好的开端，在巴黎逗留的十多天里，我见到了太多太多的巴黎之吻。巴黎的浪漫不仅仅在书本和电影里，而是真真切切地存在于巴黎的街头巷尾和时时刻刻。

SAMARITAINE

星期天的杜伊勒里公园

星期天的杜伊勒里公园时雨时晴，但是赶不走到户外晒太阳的行人，他们或坐、或躺在草地上，圆形水池旁更是挤满了爱晒太阳的巴黎人，所有的人步履缓慢悠闲，就像在做慢动作。

环绕着水池陈列的是乌戈·龙迪诺内的作品《旭日东升》，艺术家的本意是让12尊塑像象征岁月的轮回和时光的残酷，但是，这些表情困惑混沌、银光闪闪的塑像无一例外成为游客拍照留念的最佳背景。

一男一女两个小孩站在一座雕塑前吃着蛋筒冰淇淋。小男孩看见我端起相机，立刻挤眉弄眼，十分兴奋。小女孩却视若无睹，左手摸着额头，神情迷茫，全然不顾手里的冰淇淋渐渐融化。

拍完这张照片，我也找了一把椅子，面对水池坐下，闭上眼睛。

突然有响亮的女声从背后传来，那是标准的北京话：他们围在那里看什么呀？

是啊！对着水池傻坐着看什么呢？

乌戈·龙迪诺内［Ugo Rondinone，1963 – ］，瑞士艺术家。

埃菲尔铁塔下的小女孩

这天上午，步行去埃菲尔铁塔，时值阵雨稍歇，路面上的反光吸引了我。我站在迪耶那桥的人行道旁，看着身边的人们三三两两地向铁塔走去，等待着机会到来。

很快，一个小女孩走了过来，她不经意地回头张望。

这短短的一瞥已经足够，她拉长的身影留在了湿漉漉的街道上。

塞纳河畔的异乡人

雨后的下午，从卢浮宫到圣母院，我走在塞纳河堤岸下的道路上。

迎面走来两个神情严肃的年轻人，初春时分，他们依然穿着厚厚的冬装，拘谨的黑衣加上蓝色牛仔裤，脚上穿着球鞋，再普通不过的平民装束。

他们应该不是旅游者，而是居住在巴黎的异乡人，也许是在左岸读书的大学生，也许是土耳其餐馆的伙计。

蓝色的塞纳河上漂浮着白色的海鸥。他们无心风景，心事重重、沉默无语地行走着。一切都悬而未决，又好似什么也没有发生。

在等待朗诵会开始的时候

初春的傍晚，在位于玛格丽特·杜拉斯大街上的巴黎第七大学，我和诗人宋琳的“诗人之春”诗歌朗诵会。

工作人员在现场准备着，朗诵会上将会有影像和配合诗歌朗诵的舞蹈。

我站在窗边，冰凉的落地玻璃窗外暮色四合。

不断有人踏着地面上的白色斑马纹，穿过仿古的中庭迎面走来，这反复出现的一幕酷似警匪片的场景。

在移动的幽暗中

巴黎到尼斯的列车经过戛纳以后，开始紧靠着地中海行驶，车窗就像一方宽银幕，放映着与海洋平行的一切。

车窗外除了波浪翻滚的海洋，还有海边的小屋、道路和行人、野花和绿树，让我在移动的幽暗中，安心看一场即时拍摄的电影。

我更愿意蜷缩起身体，闭上眼睛，忘记那些迟迟未见回复的邮件，梦想那些消失在海底的城市、不再漂浮的海盗船和失明的鲨鱼。

海滩上的椅子

尼斯的海滨大道上有着连排的座椅。这些面向地中海的座椅也是大海一样蔚蓝的颜色，日出之前空空如也，日出之后常常坐满了人，人们会长时间地坐在这里眺望大海。

一个脚穿凉鞋的男子背着手从座椅背后经过，因为他高视阔步的姿态，因为他正好走到了空椅子的位置，因为空椅子两旁的人不约而同地同时倾向两边，更因为这是一个无法复制的瞬间。

于是，偶然成了必然。

她为什么站在此地

她为什么站在此地？她在凝视什么？她在想些什么？

这个妇人披着藏青色的外套，独自一人，低头面对地中海，海风吹起亚麻色的头发，她的背后是尼斯歌剧院和整个城市。

尼斯夏天的海滩上，永远喧闹非凡、人头攒动。我在这里看到了法国空军的空中特技表演，看到了跟随海浪的节奏舞蹈的舞者，看到了抱着灯柱呐喊的小男孩，看到了成排空寂的座椅，看到了风的颜色和海浪透明的牙齿。

但我无法解释，为什么在这样一个平常的午后，拍下了她的背影，我甚至看不到她的眼睛，她的表情。

圣纳泽尔

这个夏天的一半是在港口城市圣纳泽尔度过的。

到了这里，我才知道纳博科夫“二战”时是从圣纳泽尔踏上最后一班开往美国的邮轮，捡了性命。更早一些时候，卡彭铁尔是从这里上岸，开始了在欧洲长达20年的流亡。

大西洋的阳光千变万化，每一分钟都有不同的表情。

早晨的阳光穿透百叶窗帘，将闪烁不定的光影投在卧室的门上，门把手的影子好像深嵌在门里面一般，正在向把手靠近的左手成了无限拉长了的影子。

纳博科夫［Vladimir Nabokov，1899 – 1977］，美籍俄罗斯小说家、翻译家。

卡彭铁尔［Alejo Carpentier，1904 – 1980］，古巴小说家。

ИТАЛИЯ
РЯДОМ

在彼得保罗要塞外的沙滩上

圣彼得堡初秋的黄昏依然漫长。

在彼得保罗要塞外的沙滩上，有人在亲吻，在互相抚摸，有人在热烈地交谈，有人穿着内裤在小跑，有人脱了鞋、赤着脚，坐在石头上，握着手机发呆。他们无一例外地面对着涅瓦河。

一个中年男人紧紧地搂着一个年轻女子，几乎是强行贴着她的脸，皮外套里的胳膊充满看不见的力量。

他们面前红底白字的标语牌散发着强烈的前苏联的气息。

我认识的蓝色阴影
潜行在白色岩石的下方
海洋如同月光一样明亮
天堂总是不在上帝这一边

十四街地铁站出口

这天起了个大早，从十四街联合广场站的地铁出口出来，脑子里想的是哈里·格鲁亚特《美国》中的一张照片——一个男子正走出地铁口，为高楼切割的蓝天格外耀眼。一对情侣正在街边等着绿灯亮起，我把身体靠在墙上，对准他们的背影连续拍了几张。就在这时，两个边走边说话的女子撞入了我的镜头。画面上留下了她们清晰的剪影、马尾辫、曼妙的手指。高楼缝隙之间的天空上，纵横交叉的是飞机的白色航迹。

漫步、等候、期待，因为摄影，每一天的时间都比平时流逝得更快，一如鲍德里亚所描述的街头摄影状态：“有一种把自己委身于幸福的偶然性。”

哈里·格鲁亚特［Harry Gruyaert，1941－］，比利时摄影家。

让·鲍德里亚［Jean Baudrillard，1929－2007］，法国哲学家。

熨斗大楼前的真假雕塑

春天，31 个金属与玻璃纤维制成的雕塑伫立在麦迪逊广场周围的街头和建筑物的楼顶。

英国人安东尼·葛姆雷这一名为“事象地平线”的项目刚出现在曼哈顿街头的时候，纽约人着实被那些站在楼顶边缘真人大小的雕塑惊吓着了，不断有人给警察打电话，希望制止楼顶上那些想要跳楼的人。

那天中午，与熨斗大楼一街之隔的空地上，一个小伙子紧挨着安东尼·葛姆雷的雕塑肩并肩地站着，摆出和雕塑一样的动作和神情，面向前方，纹丝不动。

从阴影中露出上端建筑外立面的熨斗大楼，就像一把剃刀、一艘航船正破冰而出。

安东尼·葛姆雷［Antony Gormley, 1950 – ］，英国雕塑家。

EXIT

暗黑的酒吧

纽约东村的Mars Bar是一个狭长的酒吧，墙上、窗玻璃上画满了涂鸦，逼仄的空间里弥漫着纽约地铁特有的气息，尿臊味、酒味、烟草味……这也是我熟悉的纽约的气息。

酒吧的吧台是一大块厚厚的原木，桌面上和桌子周遭深深浅浅涂、重重叠叠刻满了各种图形和文字。身旁那青年男子从裤兜里摸出一把小刀默默地递到我的手上。

过往的车灯和明灭的霓虹灯一次次在布满水汽的窗户上闪烁。我却无法用我无力的手划开木桌沧桑的表面，一如无法用钝刀割开纽约肮脏寒冷的星空。

纽约雨夜

在蓬皮杜文化中心的书店里，曾经看到阿巴斯·基阿鲁斯达米的一本摄影集，画册里都是从副驾驶的座位上向车窗外拍的照片——不同的车辆、不同的街景、一样的角度。看得神往，一直想拍那样的照片。

四月的一个雨夜，朋友开车从皇后区送我回曼哈顿。夜色中的纽约，像极了黑帮电影的场面——在黑暗中沉默的高楼，路面坑坑洼洼，车辆驶过，积水四溅，从地下管道排放出的白色热气幽灵一般四处飘荡。

在一个路口停下的时候，刮水器刮过车窗玻璃，雨滴瞬间被挤压成粗放的颗粒，在玻璃上留下浓重的痕迹，就像急促的油画笔从画布上匆匆掠过，就像一只被雨水打湿的红色蝴蝶坠落在纽约的雨夜。

阿巴斯·基阿鲁斯达米［Abbas Kiarostami，1940 – ］，伊朗电影导演。

A

哈莱姆的玩偶

悲伤总是发生在城市，而不是旷野和乡村。即使是曼哈顿也不例外。

来到纽约的第二天早晨，第一眼看到的是东一一六街的街景，这里曾经是纽约著名的黑人区——哈莱姆的中心。由于政府有计划地改造这个区域，破败的老房子被成片拆除，新的公寓楼拔地而起，中产阶级逐步从黑人手中夺回昔日的失地，哈莱姆的街道不再是黑肤色一统天下。远离曼哈顿的黑人搬到了相当于北京五环以外的地区。

走过一处铁丝网围着的空地，空地中央有一把藤椅，藤椅上垒着一堆大大小小的玩偶。

不知为什么，我从这些可爱的玩偶眼里，看到的只有悲伤。

中央公园的树

四月，中央公园东七十九街入口，斜坡上有着一棵孤零零的小树。

扭曲的树干偏向一边，枝头开满了紫红色的花朵。树后酷似太阳能暖房的蓝色玻璃是大都会博物馆的展厅。

深秋再访纽约，心里惦记着这棵年幼的小树，我将之称为我的树。树还在原地，树叶几乎落尽，只是树梢上残存着两三片叶子，仿佛欧·亨利小说中那最后一片树叶。

以后只要再来纽约，我还是会去看它。

只要它还没死，如果我也活着。

欧·亨利［O. Henry，1862 – 1910］，美国小说家。

湖上

他们偶尔划一下手中的桨，只是为了不让小船碰撞到岸上。

他们将船划到僻静处，不再划桨，沉默不语，更多的时候任船随风漂荡。

远处起伏的是曼哈顿上西城的高楼群，那里有约翰·列侬遇刺的达科塔大楼，也有伍迪·艾伦出没的西九十五街。

两个男人，一条小船，中央公园的湖上，将雨未雨的时刻。

约翰·列侬［John Lennon，1940 – 1980］，英国摇滚乐手。

伍迪·艾伦［Woody Allen，1935 – ］，美国电影导演、小说家。

哈佛像前的少年

哈佛大学校园里的哈佛像是前来哈佛大学参观的游客必到之处。

尽管校方已经说明这尊雕塑并非根据哈佛本人的形象所立，但人们依然趋之若鹜。几乎每个人都要摸一下哈佛像的左脚尖，哈佛的左脚鞋尖早已经被摸得锃亮耀眼，只因为传说摸过此脚的人可以金榜题名。

这天下午，一群欢乐的游客摸完哈佛的左脚正准备离开。一个少年却双手插进衣袋，嘴埋在围巾里，低头沉思，直到家长招呼了好几次，方才如梦初醒。

他落寞的影子被投射在哈佛塑像的基座上。

七十一号旅馆

七十一号旅馆位置绝佳，面对芝加哥河，与著名的玉米楼隔河相望。

黄昏时候，回到旅馆。同屋的朋友站起身连声说：赶快拍！赶快拍！

斜射的夕阳穿透玻璃窗，照亮了书桌后面的墙壁，正在充电的电动剃须刀从电源插座上悬垂而下。台灯的灯罩、咖啡杯的投影在墙壁上缓缓移动，影子越来越长。日暮时分的房间以加倍的速度坠入黑暗，穿过窗户的这一束夕阳迸发出夺目光芒。

后来有朋友从这张照片上看到了侦探小说的场景，并用作了封面。但对我来说，最大的意外是风景就在室内，就在伸手可及之处。我所做的只是再简单不过的动作——端稳相机、按下快门。

洛杉矶河

在盖蒂美术馆看到约翰·汉伯尔名为《阳光之地》的影展，他的照片上，洛杉矶河是一条被严重污染、几近干涸的河流，当时不由心头一动。

第二天，小说家西飏开车载着我数次在跨越洛杉矶河的桥上驶过。在连接第六街的桥下，赫然发现停车场的铁丝网上挂着一个镜框，镜框里一个全身赤裸的女子从水中挺身而起。白色的吉普车、高高的铁丝网、远处的大桥和镜框中的裸女组合在一起，充满了奇异的意味。

停车场的管理员是一个肥胖的墨西哥裔大妈，她扒在铁丝网上问：

“你们要停车吗？”

“不需要。谢谢。”

我已经拍够了。

约翰·汉伯尔［John Humble，1944－］，美国摄影家。

ESPRESSO
CAPPUCCINO
www.FigaroRestaurant.com

哥伦比亚大街上的意大利餐馆

沿着哥伦比亚大街去往旧金山渔人码头。经过一家意大利餐馆，午后斜射的阳光照进空无一人的店堂，倒扣在小圆桌上的玻璃杯、调味瓶、两把椅子，还有悬挂在墙上的一瓶瓶红酒、平底锅和成串的蒜头，绘有风景的油画，仿佛入睡了一般安静。玻璃窗上的字迹也像花边一样镶嵌在这些日常器物之间。

曾经有一个美国朋友问我："你为什么如此迷恋光影？"

"因为在我生活的城市，看不到这样干净透明的阳光。"

雨点带着雨的气息
不断折入过去，季节的
疾病在我的窗外忽热忽冷
紊乱的玻璃也是真理

寻找涂鸦

在离开墨尔本的前夜，我和同行的诗人孙昌建在街头溜达。不经意间，我们走入了科林斯街上的一条死巷。我向小巷的深处望去：垃圾桶和塑料箱横七竖八，地下污迹斑斑，全是垃圾弃物。从墙角到三层楼高的每一处墙面全部密密地画了涂鸦，夸张狰狞的人物造型混杂着层层叠叠的字符。在昏黄的路灯照耀下，这个死角显得诡异莫测，我在不经意之间发现了一个隐秘的墨尔本。

第二天起了一个大早，准备在不同的光线下，去小巷再拍些照片。不料想，垃圾已经被清除干净，垃圾桶和塑料箱沿墙排得整整齐齐。不少人坐在小巷两侧餐厅的露天座位上享用早点，小巷尽头的百货公司已经把门打开，这里形成了一条天然的通道，上班族们视若无睹地从涂鸦旁大步流星地经过。

豪华邮轮进入悉尼港

靠近科里芒海角的时候，放眼望去，面海的山坡、街道、码头上密密麻麻站满了人。很多家庭从下午待到傍晚，带着小椅子和装满食物的篮子和箱子，在草地上铺开大毛巾，边看边吃。

万人空巷只为一睹两艘大型豪华邮轮“维多利亚女王”号和“伊丽莎白女王2”号在悉尼港湾内交会，这是澳洲历史上的第一次，也是航行了40年的“伊丽莎白女王2”号退役前最后一次访问澳洲。

沿着山坡上行，终于在树丛和人群的缝隙中，找到一小块可以俯瞰港湾的平地。一个老者正在用架在三脚架上的DV拍摄，周围的人都手搭凉棚眺望远方。没有太多的犹豫，我按下了快门。我最感兴趣的不是邮轮和海港，而是姿态生动的人群。

悉尼奥林匹克公园

Woo-la-ra 位于悉尼奥林匹克公园的东北方，原来是堆放工业垃圾的所在。兴建奥运场馆的时候，这里经过改造，形成了一个圆形的山丘。

倾斜的山坡上只有随风摇摆的野草，充满了荒凉的意味。步行道绕山而行，偶尔有健身者骑着自行车奋力向山顶骑去。

路旁有供行人休息的木制座椅，风吹雨打已经把座椅变成了灰白色，青草被疾风吹得几乎倒伏，它们孤立突兀的形象让我停下了脚步。

遮阳伞里的蜘蛛

一只硕大的蜘蛛在遮阳伞上缓缓地爬行。

我们正在阳台上准备早餐，支开了遮阳伞，惊动了伞里的这位住户。女主人淡淡地说，它在里面已经有一段时间了。

这只蜘蛛和我们一起晒着太阳，比我们更早地接触到悉尼的阳光。

它还有机会从高处俯瞰着这几个在面包里夹进奶酪、生菜和番茄的人们。但是它却懒得看一眼对准它的相机。

瞭望山庄

海明威在哈瓦那东郊的瞭望山庄度过了他生命最后的21年。海明威去世以后，他的夫人玛丽将这处庄园捐给了古巴政府，成为海明威纪念馆。

蓝色的游泳池旁有一间独立的小屋，以前可能作更衣室之用，现在辟为研究室，书架上有不少与海明威有关的书籍。靠窗的桌上放着一台烤漆剥落的打字机。

白色的百叶窗外，枝叶茂盛的槟榔树和芒果树摇曳作响。

欧内斯特·海明威［Ernest Hemingway，1899 － 1961］，美国小说家。

一元比索两个卡斯特罗

在哈瓦那，卡斯特罗的画像寥寥无几，街头仅有的画像和巨幅照片也是他八十诞辰纪念时留下的。

一天，在哈瓦那老城外的艺术品市场闲逛，这里依然是格瓦拉的天下，除此之外，到处是绣着红五星的古巴军帽和书包。不经意间，在一个小摊上看到了一排卡斯特罗泥塑，无名的民间艺术家别出心裁地把革命领袖塑造成造型可爱的卡通形象。身穿草绿色军服的卡斯特罗正在行军礼，有的泥塑的嘴里还叼着雪茄。

两个卡斯特罗仅售1元比索兑换券［1比索兑换券约等于0.8美元］。我把剩下的卡斯特罗全部买下，带回去分赠给朋友。

雪茄节上的舞者

哈瓦那国际雪茄节，海边的五星酒店大堂聚集了来自世界各地的雪茄爱好者、经销商、富豪、美女，他们无一例外地手执昂贵的雪茄吞云吐雾，极尽奢靡、浮华、让人难以相信一窗之外大街上的人们平均月收入仅为20美元，而这些都发生在同一个国度。

手拿花篮四处献花的男子脸上画着流淌的眼泪，踩着高跷的艺人身穿透明的薄纱在半空中以舞蹈的姿势行走。走道里两个男子边抽雪茄边聊天，舞者趴在墙边就像在偷听他们秘而不宣的谈话。

空气中有着柴油和海水的气息

哈瓦那老城整修一新，老城外围却依然是旧时的破败模样。港务局大楼后面废弃的码头上堆满残砖碎瓦，就像刚被轰炸过了一样。工人正在用大榔头敲打弯曲的钢筋，空气中有着柴油和海水的气息。

一个穿着油污背心的瘦削男子坐在码头一角，看见我走近，抱起身边的狗热情地打着招呼。见我回应，他立刻做了举起酒瓶一饮而尽的动作，吐字清楚地说道：1美元。这样的姿势在哈瓦那随处可见，普通百姓在街头向游客伸手要钱已是家常便饭。

我向码头深处走去，男子继续嘟哝着1美元。阳光烘烤下的瓦砾碎片热得发烫。海湾对面，化工厂的烟囱不分昼夜地喷吐着火焰和浓烟。

圣塔·特蕾莎

通往圣塔·特蕾莎的黄色的有轨电车沿着蜿蜒的道路直向基督山的山顶而去，电车道两边维多利亚式的豪宅鳞次栉比，墙壁上可见涂鸦。途中，不时有行人身手敏捷地跳上行驶的电车，手抓栏杆，身体悬挂在车外。

几个连续的急转弯之后，正前方出现一堵斑驳的老墙，一黑一白两个年轻女子站在墙下聊天。看见电车驶来，她们停止交谈，黑人女子移身树影之下，白人女子依然双手交叉在胸前倚墙站立。我在摇晃的电车上连拍了四张。

我不知道她们是谁，她们在说些什么，为什么会出现在这里。这些都不重要，重要的是照片上留下了里约优美动人的身影。

恒河的早晨

恒河边的瓦拉纳西，节庆之后的早晨。

一群印度教徒环坐在一个圆坛上高声诵读经文。

一个白衣的婆罗门坐在更高处，面对恒河，焚香静坐。

纷飞的鸟像黑色的灰烬不停地从空中坠落。

开阔的河流一如既往地流向海洋。

恒河的傍晚

船夫正向外舀着船舱里的积水，狭长的小船有着暮色一样苍茫的颜色，尖尖的船头聚拢在一起，对着看不见的圆心。夜幕降临之后，这些小船将载着游客在河面上缓慢漂荡，观看每晚在烛光和火焰中举行的河神之祭。

这是湿婆神之城瓦拉纳西。此刻，恒河岸边的大台阶上，有儿童在放风筝。乞丐、牛和狗倒卧在布满污秽的地上，对岸荒芜的白色沙滩空无一人。

空气中飘来焦灼的气息，黑色碎屑隐约可见。不远处的河边火光熊熊，正在焚烧尸体的火焰昼夜不息，距离焚尸点不过三四百米的上游，人们在平静地沐浴、饮水、洗涤。

生与死在印度如此靠近，就像黑色的恒河一样充满慈悲。

尼连禅河畔的老人

菩提迦叶，尼连禅河畔。

传说佛陀当年在这里入河沐浴之后，筋疲力尽，好心的牧羊女送上牛奶粥，佛陀喝了以后，恢复了体力，走到菩提树下终于成道。

冬天的尼连禅河已经干涸，村民从见底的河床直接走向对岸。菩提迦叶正觉大塔隔河相望。

一个须发斑白的老者坐在井栏上，侃侃而谈，举手投足就是一个智者。

鹿野苑的鹿

鹿野苑是释迦牟尼顿悟之后的法轮初转之地，这里也因此成为佛教在古印度的四大圣地之一。玄奘当年来到瓦拉纳西郊外，看到“鹿野伽蓝，区界八分，连垣周堵，层轩重阁”。

如今的鹿野苑已经是一片废墟，只剩下供人凭吊的残砖碎瓦。但是，没有想到，鹿野苑真的有鹿。

鹿野苑深处弥漫着南亚次大陆腹地特有的薄雾，早晨的阳光勾勒出鹿群漂亮的鹿角和身躯。它们在树丛中、在沙地上缓缓地踏步而行，就像它们数百年以来生活的那样。直到它们靠近，才会看见它们互相争斗时撕裂的鹿角和斑斑血痕，才会看见它们哀伤的眼神。

SAMSUNG

德里电器市场

德里新城一处电器市场，垃圾遍地，寒风吹起破碎的招贴海报。

墙上悬挂着一幅巨大的广告牌，穿着白色紧身衣的印度女郎凝神回眸，手上夹着一台硕大的三星笔记本电脑，笔记本的个头大得有点不成比例。

在印度的三周时间里，看不到一点传说中IT大国的影子，除了这个广告牌，和广告牌下三四个裹着头巾、无所事事的男青年。

镰仓的寺院

古都镰仓的寺庙，游客寥寥，庭院和石板小径洒扫得干干净净。

寺庙深处的山坡上是墓地，但并无墓地通常所有的肃杀气氛，不少墓碑前都供奉着白色的鲜花。尽管已经是深秋，古树和石碑上依然长满了厚厚的青苔。

放学的少年从佛像前奔跑而过。

囲碁部
京都大学
民族舞踊
京大合唱団

京都大学的学生管乐团

京都最有意思的地方不是那些历史悠久、游客必到的古迹，而是著名的京都大学。

离京大校园不远，就听到绿荫里传出管乐之声。原来是京大管乐团的乐手们在破旧的老房子周围各自演练。据说他们每天在这荒草破屋之间吹吹打打、弄管调弦。

京都大学的学生们多的是文艺范儿，校园角落里废弃的平房被他们整成了一个个文艺社团的基地——“哲学研究会”、“美术研究会”、“考古学研究会”和“推理小说研究会”。每扇门都紧闭着，不知单薄的门板后面都藏着些什么。

香格里拉

翻过白茫雪山不久，就看见了著名的梅里雪山。平时难得一见的梅里雪山一扫云雾，十三座山峰全部展现在我们的眼前。

人们纷纷以雪山前的佛塔为背景摄影留念。几个喇嘛站在佛塔下看热闹。五位喇嘛面带微笑，他们身上的红色袈裟与背后蓝荧荧的山岭和山顶的积雪互为映照。从喇嘛们身后的雪山上方射来的阳光与肉眼所见截然不同，宛如佛光一般奇异璀璨。

我继续按动快门，这次很自然地选择了剪影拍摄，每一张照片的造型各不相同，喇嘛们的黑色剪影被阳光勾勒出鲜明的轮廓。

有很长一段时间，这几张香格里拉的照片一直存在照相机的CF卡上，没有删去。

宏村的黄昏

黄昏的宏村，游人已经逐渐散去，恢复了往日的宁静。但是到处都是画册和电视上见过的熟悉景致，已经被拍过无数遍的画面提不起我的兴趣。

来到月沼的时候，已经晚霞满天，池塘对面上过中国邮票的粉墙青瓦倒映在水中。当地老百姓有腌白菜准备过冬的习惯，月沼旁的石栏杆上，整齐地挨个排列着一棵棵新鲜的白菜，白色的菜帮里有着充足的水分。

后来经常有朋友发问：

“那棵白菜是你放上去的吗？”

“当然不是。”

库车的红色纱幔

库车，在西域三十六国中是被称为“龟兹”的地方。

午餐安排在果园深处一座古色古香的凉亭。围绕着凉亭四周的是红色的透明纱幔。阳光透过纱幔照进凉亭，空间里充满了温暖色调。微风吹拂着的纱幔不停飘动，就像舞者在栏杆和地毯上投下变幻不定的影子。

我试图用照相机抓取纱幔舞蹈的瞬间，盯着拍得入了迷，但是总感觉缺少了什么。

在离去之前，我习惯性地回头看了一眼——飘动的纱幔被风不经意地掀起一角，诗歌评论家耿占春坐过的小板凳正好位于纱幔的下方。

这个再普通不过的小板凳就像一个期盼已久的休止符，终于让我如愿以偿。

在喀什去慕士塔格峰的路上

在喀什去慕士塔格峰的路上，有一片连绵起伏的白色沙山。

山下的开阔地蜿蜒着石头垒起的围栏。

一根木头电线杆出现在前方的地平线上。

在荒凉空旷的自然环境里，这根电线杆以倾斜的姿态，与石头围栏形成犄角之势。

谁也不知道这根孤立的电线杆已经存在了多久。但谁都知道，它终将消失。

永远不变的是天上行走的白云。

夕光中的白色汗衫

韩湘宁的家紧靠洱海，风格简约，由他亲自设计。画家带我们走上家中最高处的露台，前有洱海，后有苍山，360 度的观景平台果然是气象万千的好景致。

面朝苍山的晾衣架上挂满了衬衣、汗衫和长裤，清一色的白色纯棉布。看见我们端起照相机，画家跑去收起衣服：把衣服收了，拍照不挡视线。

我帮忙收了几件，心想不对，连忙制止：其实挂着更好。

就这样，汗衫上安迪·沃霍尔的香蕉依旧随着微风一起轻轻摇摆。

韩湘宁［1939 － ］，
台湾照相写实主义画家。

安迪·沃霍尔［Andy Warhol，
1928 － 1987］，美国波普艺术家。

05
詩歌在今天
Poetry Today

白夜

成都白夜酒吧的诗歌朗诵会，空间狭窄，光线昏暗。我试图拍下墙上“诗歌在今天”的海报，海报前面两位诗人的脚也在不经意之间被收录其中。

一双大头登山鞋，一条宽松的大裙子和一双女式凉鞋，透露了季节和性别的信息，仅此而已，再无其他。

一直有人问我，这两位诗人是谁？

我没有满足人们的好奇心，告诉他们这是谁的鞋子。

后来，我把照片送给了这两位诗人，他们喜出望外的表情是对我最大的褒奖和赞扬。

我喜欢陈旧的照片
习惯在电影院里重温时间
如水的巴赫，如雪的肖邦
这忧愁，这米酒是同一种黑暗

“普通的蒸汽”剧团

这是一场并未事先张扬的街头戏剧秀。

傍晚，法国人静悄悄地骑上了早已准备好的自行车，一溜烟向淮海路方向驶去。

一切都是即兴，也是事先踏点勘测过的。经过设计的环节都是尽可能地和市民亲近。比如，突然鞭炮炸响，表演者全部卧倒在地；比如，集体列队向沿街阳台上看热闹的居民放声高歌；比如，跑进居民的家中，在阳台上向下大声吆喝，街上的同伴同样以夸张的动作应和。

自行车是他们不断变换花样的最佳道具，而沿途的任何东西也都可以被拿来搞怪——运废纸的黄鱼车、垃圾车、畚箕、扫帚……一辆正巧路过的红色法拉利跑车也被拦下戏弄了一番。

一小时后，法国人引领着人数越来越多的围观者回到8号桥。自

行车被堆成一座小山，有的表演者跳进喷水池，骑坐在喷水口上，大声喊叫；有的拉起观众撒了欢地绕圈奔跑；有的表情肃穆点燃了焰火。法国人搭起了人梯，在欢呼声中，将一位被“绑架”的观众举过头顶，不幸的是，这个人就是我。

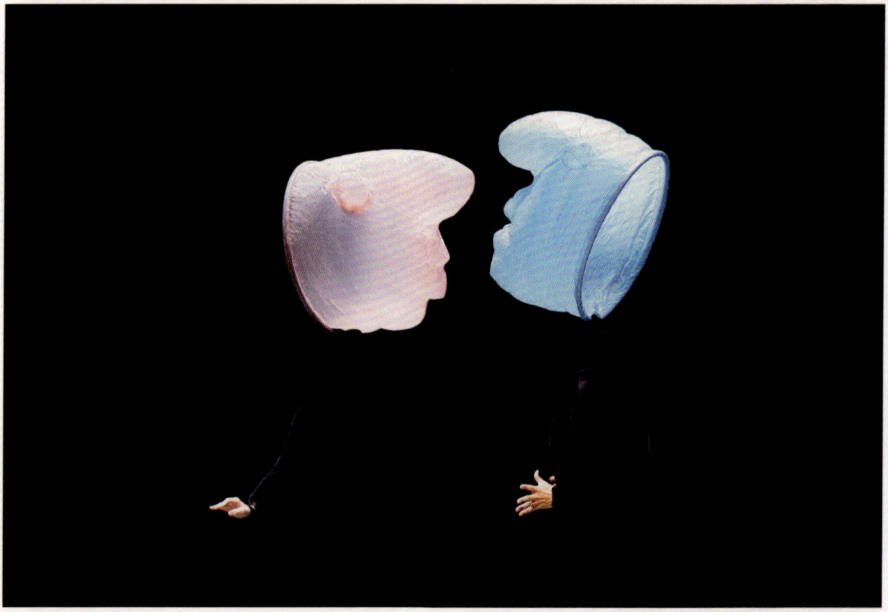

当塑料袋奔跑在舞台上的时候

两张人脸跑上舞台，一个粉红色，一个淡蓝色，它们彼此吸引，互相追逐，又互相排斥，如同双人舞蹈一般无休无止，绵无尽头。

这两张表情生动、造型别致的人脸是用塑料袋制作的。舞台两侧的风扇操纵着风，使得塑料袋始终处于面对面的饱满状态。“魔力无极限”的绝活是擅长采用日常生活中最普通的物件作为道具，他们希望以此来完成诗意的表现。当塑料袋奔跑在舞台上的时候，表现了男女的相遇、相爱和人类沟通的复杂关系，妙趣横生，颇具哲学意味。

在“魔力无极限”从世界各地演出时选用的塑料袋中，上海演出时的塑料袋最为结实耐用。

灵魂的速度撕裂了空气

我习惯坐在剧场第一排座位中靠右的位置拍照，左右两个台口是舞者最喜欢展示的区域，相比之下，右面的台口，舞者待得会更频繁一些，对我来说，机会自然也就更多。

荷兰 Emio Greco/PC 舞团集中了一批优秀的舞蹈家，他们的《双点：尼禄》充满了激情和想象力。在一系列激烈的表演之后，汗水淋漓的舞者瘫倒在台口，胸部剧烈起伏，额头上青筋绽爆。我端着相机，弯下身子，和舞者的距离伸手可触。

但是，最好的照片却是意外所得——舞者的影子掠过舞台，只在画面上留下了急速移动的影子，在这一瞬间，灵魂的速度撕裂了空气。

后来，有朋友特别喜欢这张照片，我放大了送去。他惊讶地在照片右侧的黑暗中发现了一张舞者

的脸。这也令我大感意外，因为我从来没有在电脑上看到这张苍白的脸悄无声息地隐藏在舞台深处。

《蕾蒙达》

在上海大剧院看德国巴伐利亚国家芭蕾舞团《蕾蒙达》的彩排。

轮到群舞的段落，一个演员突然受伤倒地，音乐立刻停顿下来，演员围拢在一起，询问伤情。

在散乱站立的腿脚中，这个演员的右腿依然保持着舞蹈的状态，绷紧的足尖像钉子一样钉在冷色调的蓝色背景上。

后台

后台宽大的空间里永远杂乱无章，头上是纵横交错的管道，脚下是随地放置的大箱子和道具，空气中飘散着各种可疑又纷乱的气息，还有候场的演员们或松弛或紧张的身姿。这里和舞台上的按部就班不同，一切都是不确定的。

俄罗斯国家芭蕾舞剧院在上海东方艺术中心演出《天鹅湖》，下午的排练时间，演员们随着音乐重复着天鹅们的群舞动作。几个演员在侧幕旋转身体，举过头顶的双手手背相对，做出模拟天鹅的姿势。

我的焦点对准了离我最近的那双手，弯曲的手指在这个相对静止的瞬间有着不确定的指向，蕴含着隐隐约约的暗示和不知名的快乐。照相机总是比拍摄者更会抓住有趣的影像，这一次又以非舞蹈的方式完成了一次对舞蹈的赞美。

帕慕克和莫言

奥尔罕·帕慕克在北京，每到一处，都会旁若无人地端着相机，伸长右臂，给自己来张自拍照。他的自拍颇有心得，在相机显示屏回放的照片上，自己总是在画面正中间。

在社科院外文所为帕慕克举办的作品研讨会之前，帕慕克特地走到作家莫言跟前寒暄。当莫言邀请他一起合影的时候，帕慕克笑容可掬地轻舒右臂，再次施展了他标志性的自拍绝活。

大眼睛的帕慕克和眯缝眼的莫言一动一静，一庄一谐，相映成趣。

奥尔罕·帕慕克［Orhan Pamuk，1952－］，土耳其小说家，2006年诺贝尔文学奖获得者。

莫言［1956－］，小说家。

勒克莱齐奥

他低垂下眼帘的时候，长长的浅色睫毛就遮住了蓝色的眼睛。

在我已经采访过的四个诺贝尔文学奖获得者中，勒克莱齐奥是性情最安静、最温和的一位。

1967年，勒克莱齐奥第一次来到中国，经香港进入广东，令他印象深刻的是华南的田园风光。

时隔多年之后的今天，勒克莱齐奥已经第五次访华，他告诉我说：希望将来再来中国的时候，能够找一个南方的小村庄住上一段时间，体验一下那里的乡村生活，完成他正在创作的新的长篇小说。

勒克莱齐奥［Jean Marie Gustave Le Clezio，1940－］，法国小说家，
2008年诺贝尔文学奖获得者。

U

高行健

杜塞尔多夫举办中国剧作家戏剧节，高行健也应邀参加。

会议间隙的一个下午，我们一起去了邻近的城市科隆。出了火车站，就看见高耸的科隆大教堂。

高行健和平时一样，从随身的包里取出照相机和摄像机拍摄。

尽管站在屋檐下，小雨依然打湿了他花白的头发。

在寒风中，他专注的表情更显忧伤。

高行健［1940－］，法籍华裔剧作家、小说家、画家、导演，2000年诺贝尔文学奖获得者。

保罗·奥斯特

保罗·奥斯特在纽约的家位于布鲁克林公园坡附近，那是一套典型的褐石公寓。

在采访中，奥斯特回忆起1997年戛纳电影节和巩俐一起担任评委的情景："巩俐很漂亮，我尽量靠近她，坐在她旁边。她的皮肤非常好，我从来没有看到过这样好的皮肤。"

我看中了奥斯特家院子里的一面白墙。春寒料峭，奥斯特特地穿上皮大衣，戴上红色围巾，站到这面爬满枯藤的墙前。

保罗·奥斯特［Paul Auster，1947 – ］，美国小说家。

科尔姆·托宾

杭州蓝狮子书店，科尔姆·托宾作品朗读会。一个女读者自告奋勇用“江南普通话”朗读了托宾的短篇《母与子》。

读完之后，她特地重复了一遍小说中引用的爱尔兰民谣《Donal Og》的歌词：“她的爱带走了北，她的爱带走了南，她的爱带走了东，她的爱带走了西……”此时突然泣不成声。

坐在听众中的托宾沉默不语，这一幕可能也是他始料未及的。

托宾平时是乐天派，喜欢逗乐搞怪，和他在小说中表现出的悲悯哀伤很不相同。一天午餐，托宾突然变得神情严肃，拿起调味瓶放在光头上，目光不无忧伤。这样的时刻也许只有他独处时才会让自己看到。

科尔姆·托宾［Colm Toibin，1955 – ］，爱尔兰小说家。

丹·布朗

除了短暂几年的外出求学和工作，丹·布朗大部分时间都在他的故乡新罕布什尔州埃克斯特镇上度过，史上最成功的畅销书《达·芬奇密码》也是在这里完成的。

采访在镇上的菲利普·埃克斯特学院图书馆进行，这里也是丹·布朗的母校。一个半小时的采访结束后，我请丹·布朗移步到露台上，外面阳光正好。露台上有着一个个与外墙相连的红褐色面砖方形框架，就像一道道别致的拱门。丹·布朗站在一个方形框架下面，他身后重重叠叠的"拱门"就像在他作品中屡屡出现的机关和迷宫。

丹·布朗［Dan Brown，1964－］，美国小说家。

息結束
帶。

高桥的白发和阿尔巴尼亚的裙子

“另一种声音——香港国际诗歌之夜”闭幕式，诗人们都坐在舞台的书堆上。

阿尔巴尼亚女诗人鲁列塔·柳沙那库穿着黑白两色的方格衬衣、黑色裙子和长筒皮靴上前朗诵。我喜欢的日本诗人高桥睦郎坐在舞台前排，低垂着头，右手在地板上画着什么。于是，高桥的白发和阿尔巴尼亚的裙子被组合在了一起。

闭幕式结束后，给高桥看照片，他淡淡地回答：可惜我对女人不感兴趣。周围的诗人都笑了起来。高桥是日本文学界著名的同志，据说三岛由纪夫自杀前的最后一夜是和他一起度过的。

鲁列塔·柳沙那库并不在乎自己只出现半个身子，再三叮嘱我一定要把照片传给她。

鲁列塔·柳沙那库［Luljeta Lleshanaku，1968 － ］，阿尔巴尼亚女诗人。

高桥睦郎［1937 － ］，日本诗人、作家、批评家。

北岛

2011香港国际诗歌之夜的最后一天，北岛陪同诗人们坐游船去南丫岛。组织者总是最辛苦的，连续忙了多日的北岛靠在椅子上睡着了。

途中醒来后，北岛幽幽地说，我想起了我写过的马丁国王。

马丁国王是北岛的荷兰朋友，鹿特丹诗歌节的创办者，在他的操持下，鹿特丹诗歌节如今已是全球最大的诗歌节。马丁喜欢邀请参加过诗歌节的老朋友，结果，诗人越来越多，规模越来越大，整天疲于奔命、穷于应付的马丁最后连说话的力气都没有了。

“我也快成马丁国王了。”北岛自嘲地笑了。

北岛［1949－］，诗人。

顾彬

在北京的一次国际诗歌研讨会上，顾彬神情严肃，眉头紧锁，双手合十放在嘴唇前面。这一副悲天悯人的形象，不由令人想到他早年曾经在神学院求学的经历。

顾彬看上去有点疲乏，也许他在想念能解乏的白酒。顾彬喜欢的中国白酒，除了五粮液，还有红星二锅头。

此时的顾彬还没有开始炮轰中国当代文学，他最大的爱好是带中国诗人去波恩的墓地参观：

“我们肯定都怕死，但是我们不怕死了的人。”

顾彬［Wolfgang Kubin，1945 － ］，德国汉学家。

C.T. Hsia
ON CHINESE LITERATURE

夏志清

夏志清在纽约寓所的书房，老人捧在手中的是他的英文版著作《中国文学论集》。

夏志清对张爱玲等人的极力推崇和对鲁迅的批评改写了中国现代文学史。他习惯直截了当的说话方式："人生真问题中国文学不大讲的，只有《红楼梦》稍微讲一点点。中国的文学好的太少。中国文人应酬太多。"

临走时，夏志清向我推荐其兄的著作《夏济安日记》时，也不忘加上一句：夏济安的日记卖得好得一塌糊涂，九个月的日记写的是他如何爱女学生的事情。鲁迅、郁达夫的日记都很差，都是空的。

夏志清［1921 － ］，小说评论家。

翟永明

2006年深秋的一天，和翟永明一起去皇后区，寻找她90年代初期旅居纽约时曾经住过的房子。由于没有带上当年的地址，我们望着一模一样的褐石公寓，一筹莫展。

在返回的途中，发现了一处色彩斑斓的涂鸦集中营——整栋房子就像一个彩色罐头，上上下下，里里外外，连同左近的街道都被狂放的颜料包裹和覆盖。

诗人倚靠着电灯柱，站在乌云翻滚的涂鸦墙前，身旁是已经损坏、涂满了颜料的消防龙头，青灰色为主的冷色调和她当天淡绿色的着装十分搭配。

就在我们准备离开的时候，看似人去楼空的楼房里突然飘出面包作坊烘焙糕点的香味。

这真是一个超现实的下午。

翟永明［1955－］，诗人、作家。

罗伯特·弗兰克

罗伯特·弗兰克平时住在加拿大海边的小岛上，回到纽约，就出没于东村的工作室和家中。

这天下午，罗伯特坐在工作室的沙发上，低头拨弄着手指说：我有两只眼睛，一只温暖，一只冷酷，相互平衡。尽管初春的阳光很快从室内移开，罗伯特还是兴致很高，取出喝了半瓶的茅台，邀请我们共饮。

我取出带去的《纽约人》请他签名，罗伯特先是诧异，接着高兴地在画册扉页上写起来。严格地说，那是加上了图画的签名。老人写下我和他自己的名字以及纽约的字样，然后一笔画出了一座尖顶的楼房，在楼房的底部写上“布里克街7号”，这是罗伯特工作室的门牌号码。

罗伯特·弗兰克［Robert Frank，1924 －］，瑞士裔美国摄影家。

莎拉·梦

莎拉·梦迎面走来的时候，有着猫一样轻捷的步伐。

这个以月亮作为自己名字的女人、这个前时装模特儿依然骨感，她站在自己的作品前，用手中的佳能G6与前来采访的记者玩起了对拍。

她此时的微笑是展览上不多的暖色调。她的照片多半是黑色的，像晦涩的梦境，像无奈的雾，像悲伤浸润的空气，每张照片都在重复同样的情绪：孤独、寂寥。深色背景上孤立的人体，让人听到了她内心的声音：

“我邀请自己跳舞、摄影和享受永远的自由。”

莎拉·梦［Sarah Moon, 1941 － ］，法国摄影家。

徐冰

北京今日美术馆前的广场上，两只由建筑废料拼装而成的巨型凤凰悬在半空，等待吊装升空。徐冰的装置作品《凤凰》正准备揭幕。

人们在凤凰前纷纷留影的时候，徐冰举着照相机，绕着凤凰逐一拍摄细部。一个小男孩举起傻瓜机对准了徐冰，小男孩稚拙的举止吸引了徐冰的目光。徐冰回头微笑地看着小男孩，小男孩依然不依不饶地举着照相机，表情既严肃又认真。这一大一小端着手里的照相机对面而视，令人忍俊不禁。

徐冰［1955－］，艺术家。

蔡国强

初春，和蔡国强一起寻访农民达·芬奇。

一路上，蔡国强的弟弟蔡国盛总是悄无声息站到蔡国强的背后，拍下的照片都是蔡国强的后脑勺。

国盛小声说：“我已经拍了很多老蔡在不同背景前面的照片，等到下次回顾展的时候陈列出来。没有人知道我在拍，他也不知道。”

“这会是很好的礼物。”我说。

“那这礼物就太重了。”国盛说到这里，眼圈有点红。

在四川绵阳安县金光村，农民发明家王强家前的油菜花田里，蔡国强兴致勃勃地放起了风筝。

蔡国盛又一次悄悄站在兄长的背后。

蔡国强［1957－］，艺术家。

吴念真

听吴念真讲故事是十分过瘾的事，《这些人，那些事》就是他平时讲给朋友听的故事，杂志约了专栏，吴念真就把这些既伤感又凄楚的故事一一写了下来。

吴念真要导一部新片，讲的是1960年代工厂女工的故事。其中有一个非常电影的细节：一个得了传染病的女工被工厂解雇后，生活无着，万念俱灰，自尽身亡。

一天，密闭的车间里竟然飞进来一只蝴蝶。有人说，别惊动它，会不会是那个刚自杀的女工化成蝴蝶在看着我们。所有的人都抬头看着这只蝴蝶。日本技师发现流水线走得慢了，过来一看：原来是一只蝴蝶。他的下一个动作更绝，拿起杀虫剂，对着蝴蝶"噗"地一声喷去。

吴念真［1952 － ］，台湾导演、作家、编剧、演员、主持人。

琴键上的黑人看不见飞扬的尘土
失明的飞鸟历数芬芳
我卧倒在崩溃的灰烬中
火焰依然无法越过黑夜缓缓苏醒

铁马雕塑下的孩子

和大多数品行端正的城市一样，芝加哥的周日井井有条、整洁有序。

那天上午，坐地铁进城，在Wabash街的二手书店购书，去当代美术馆看展览，然后沿着密歇根大道一路闲逛返回湖畔。小雨刚过，几位将白色T恤穿在春装外面的女子挎着竹篮，满面春风地向路人派送黄色的郁金香，她们身边还有摄影师亦步亦趋地拍照记录，原来这是一家银行的郁金香日。

在对面的街道上，两个孩子一前一后从高大的铁马雕塑的肚子下面弯身钻过，姐弟俩的父母在一旁面带微笑地看着。看见我端着相机，男孩依旧嬉皮笑脸，女孩则站直了身子，故作严肃，但是笑容还是从绷不住的嘴角流露出来。

在这个普普通通的周日，郁金香和孩子们的笑容平添了几分意外的喜悦。

演出之前的红色舞蹈

这是喀什一个凉爽的夜晚，天空中带密度的夜色深邃醉人，比香妃墓前的瓷砖还要蓝。演出很快就要开始了，舞台上担任演奏的演员们已经准备就绪，但是吸引我目光的是一个四五岁的维族小女孩。

她在舞台一侧旋转着，摔倒，爬起；摔倒，再爬起来。看到我在拍她，她会跑过来看一眼数码相机显示屏上的成像，继续一个人的舞蹈。她在不停旋转的时候，暗红色裙子外面那一层透明的薄纱像充了气一样鼓胀起来，在蓝色夜空和红色舞台的衬托下格外醒目。

艾提尕尔清真寺

喀什艾提尕尔清真寺门内的空地上，一群维族孩子站在树荫下。其中穿红衣的小女孩眼神中有着超过年龄的早熟，时而忧郁伤感，时而欢快活泼。

当我用照相机对准她的时候，她吹起了手中红色的小气球。

“你多大了？”

“八岁。”

水帘后的女孩

四月的一天黄昏，距离维多利亚国家美术馆闭馆还有几分钟时间。

两个小女孩站在美术馆正面的落地大玻璃窗前向馆内张望，她们的母亲在馆内隔着玻璃给她们拍照。漫漫的水帘自上而下流过落地大玻璃窗，透过水帘望去，室外迷蒙的街景就像莫奈的油画。

女孩们保持着静止的姿态让她们的母亲拍照，她们贴在玻璃上的手和脸部是清晰的，离得远一点的时候就要模糊朦胧些，玻璃表面流下的水从贴近玻璃的手流进她们的袖管，她们的笑声更其欢乐了。

保安开始催促观众离馆，美术馆的灯都熄灭了，在不到四分钟的时间里，我拍下了27张照片，最中意的这一张纯属机缘，这也是女孩们唯一一张表情肃穆的照片。

哈瓦那圣弗朗西斯科教堂广场

一群小学生正在圣弗朗西斯科教堂广场上嬉戏，一男一女两个戴蓝领巾的孩子坐在喷泉围栏上，各自面朝一方，若有所思。

褐色皮肤的漂亮女孩看见我端起相机，立刻活跃了起来，不断摆出各种姿势，还招呼同学一起合影，举手投足有着天生的明星相。

孩子们散去之后，女孩意犹未尽，要来了玉米粒喂给广场上的鸽子。这一组照片足足拍了有20分钟，直到带队的老师看着天色不早把孩子们带离广场为止。

以后的几天，我经过广场的时候，喷泉旁都会有成群结队穿校服的小学生，但是再也没有看见这个穿红色背带裙的女孩。

雪中的墓地

一对父母带着孩子来到卡托维茨市中心的墓地，扫去墓碑上的积雪，摆上红色的长明灯。

我蹲下身子给男孩拍照。拍完之后，男孩的母亲让孩子用波兰语回答：“谢谢！”这也是我学会的第一句波兰语。

男孩全家离开之后，墓地又恢复了宁静。

远处响起为死者落葬的小号声。

杜伊斯堡

平淡无奇的阳光照在杜伊斯堡剧院前的广场上。

小学生们在做成锈铁模样的巨型雕塑上尽情地翻滚腾挪。我绕着雕塑转圈，一边等待着什么发生。

就在我准备离开的时候，这个倚靠着雕塑的金发女孩发现了我，报以灿烂的一笑。

拉萨

为了拍摄布达拉宫，我爬上了布达拉宫斜对面的小山。

几个孩子正在那里玩耍。一看到我手里的照相机，他们立刻拉着我给他们拍照，浓眉大眼的藏族女孩和单眼皮的汉族女孩在镜头里开心地笑着。

从山上尽兴下来，才突然想到，我早就把拍摄布达拉宫全景的事忘得一干二净，所有的照片都有孩子们做前景。

这有什么不好呢？

阿坝

2005年秋天，我随一个电影摄制组出外景，深入阿坝西南的柯河。这是一个有着湍急的河流和高耸碉楼的村庄。

早晨，演员们在面包车上化装。村里的孩子们闻风而动，他们你推我挤地拥到车门口，趴在踏板上，目光里充满了好奇和兴奋。一时之间，空气中洋溢着快乐的分子。孩子们的笑容让我放弃了拍摄碉楼的打算。

我的决定很快就有了回报，一个小女孩被推到了最前面，明亮的大眼睛直视着我的镜头。

格桑拉姆

茨中村是红色澜沧江旁的小村落，至今保留着始建于1909年的天主教堂和历经百年的法国葡萄园。

晚餐就摆在教堂院子里，在我们这一桌忙碌的是一位皮肤黝黑的漂亮女孩，身穿玫瑰色的藏族服装，梳着马尾辫，腰间挂着的铃铛哗啦啦地响。这笑容灿烂的女孩名叫格桑拉姆。在座的人们纷纷高声歌唱，格桑拉姆也亮了一嗓子，她的歌声高亢嘹亮，她歌唱的时候，两眼越过人群，看着高高的天上，陶醉在欢乐之中。

女孩其实并不是藏族，她家祖籍四川，已经五代居于此地。她的汉名叫鲍春秀，格桑拉姆是她的老师给她起的藏名。鲍春秀今年已经考上了青海警官学校，当一名女警官一直是她最大的心愿。

在藏语中，“格桑”意为“心想事成”,“拉姆”就是“天上的白度母”。

婚礼上的孩子

一天，在墨尔本一处艺术家群居的乡间别墅，遇上了一个热闹的婚礼派对。

我很快投身其中，前后左右拍个不停。同行的朋友事后笑着说：你比婚礼上请来的摄影师还卖力。

在游泳池旁的一个僻静角落，靠墙站着两个女孩，她们全然无视婚礼的存在，旁若无人地吹着肥皂泡。即使我这个不速之客的出现也不能影响到她们一丝一毫。她们迷离的目光随着肥皂泡的飞行而飘移，如梦似幻，若有所思。

访谈：拍照让我有了接近人群的理由

采访者：沈祎

虽然很多人还是习惯性地用诗意来修辞他的影像作品，但是在谈到摄影时，诗人王寅就把诗歌抛到一边了，他总说：“我从不觉得自己的照片很诗意，我的诗歌与照片其实是两个完全不同的风格。”

确实，读过王寅诗歌的人回过头再看他拍的照片，便会发现他在影像世界里所散发的不同气质，用他的话说就是，摄影挖掘出了他在文学里无法体现的明媚的另一面。

而王寅在言谈中流露出的看待摄影的那种随意与轻松、享受与单纯，或许也是大多数摄影爱好者共同的心声。“数码相机发明得太晚啦！”他说，“我就是一个典型的票友。摄影就是一件蛮开心的事情。”

从什么时候开始迷上摄影的？怎么会从文字转向摄影这一块？

2003年。开始拍照的原因很简单，因为作为记者外出采访经常需要给采访对象拍照，我不想麻烦摄影师，而且那时数码也开始普及了，干脆买了个数码相机。第一台数码是 Canon G5。G5丢了以后，后来又用过 10D 和 Canon Mark II。

买了相机之后，正好有机会去滇西北，在那里遇上摄影师协会组织的摄影比赛，摄影师们背的相机都很高级，就我拿了一个民用的小相机。拍摄的时候，一群"长枪大炮"挤在我前面，挡住了视线。我不客气地扒拉出缝隙，他们回头一看，看到我手里的小相机，眼神里流露出不屑。我觉得能不能拍好照片和相机的大小没多大关系。当时拍了几张我自己觉得很有趣的照片——几个在聊天的喇嘛，焦点在后景，正好是太阳落山的时候，拍出的是逆光的剪影效果。拍完后我给一个很有名的摄影家朋友看，他看完之后第一反应就说：呀，你的焦点应该对在人脸上啊！听到这句话，我立刻就意识到自己与专业摄影人士的观念差别有多么大。传统摄影首先要求把东西拍得清清楚楚，而我拍照完全没有规矩章法，那组照片追求的是特别的影调效果，但他无法理解。相反，后来一个拍电影的朋友看到这组照片却觉得非常好，他觉得那种光影效果很像电影画面。

云南之后又紧接着去了法国、日本，用到相机的机会很多，之后出差的机会也特别多，于是就一直拍、一直拍，感觉总也拍不够。其实，我并没有从文字转向摄影，只是多了一个手段，两者齐头并进。

我觉得自己既不是文字记者，也不是摄影记者，是什么人，我自己也说不清楚。

巴黎，2009年

那么刚开始拍照时，一些技术方面的问题会不会困扰你?

其实直到现在，我的技术问题还没有解决，如果让我全手动拍的话还是会有很多问题。不过好在有了数码相机，门槛就降低了很多。拍不好可以再拍嘛。

你是诗人，也是一位记者，你觉得这些角色对你的摄影观察、影像表现上有什么影响?

肯定会有，我想原先大量的阅读对于影像的理解，包括构图和抓取的瞬间一定是有帮助的，但是这种影响是综合的，就好比你每天吃的菜，说不清楚具体是补充哪一方面的营养。

不过在美学上，我一直以来都是对纪实摄影比较感兴趣，对观念的东西比较淡漠。这也决定了我的拍摄风格，我一般遵循最基本和最朴素的拍摄方式，从不摆布或者在影像上做类似变形的处理。那些讲究“观念”的作品虽然现在可以卖很好的价钱，但是我不会那样去拍。我也不屑于做电子暗房的后期处理。当然，我的认识也不一定正确。

哈瓦那，2007 年

摄影以后再回顾文字创作，你会不会觉得创作感受上有所变化？

我拍照在很多时候是作为一种资料保存的，便于记忆和回到现场，因为人的记忆经常会出问题。比如一串数字，一个名字，光靠记忆是记不住的，但是拍张照片立刻就能“存档”了。同样的道理，这个地方的风景如何，有哪些细节，拍张照片就能记录下来。这些都能帮助我回来后再进行整理。

作为一个摄影师，看到怎样的影像会刺激你按下快门？

任何东西都会刺激我。不过相对来说，每个人还是有不同的审美倾向与价值判断。我对光影的变化比较敏感，喜欢明暗对比强烈、主题性比较鲜明的对象；另外我喜欢有新鲜感的、令人好奇的东西。这些都能引起我的拍摄冲动。

作为一个观者，怎么样的影像吸引你呢？

我喜欢比较“意外”的照片，我说的“意外”并不是摆布出来的，而是它的构图、影调会给人一种出人意料的效果。它是一种神来之笔，是可遇不可求的。这点和诗歌是很接近的，都是一瞬间的东西。

就是阮义忠先生说的“上帝赐给你的礼物”？

没错，正是如此。

芝加哥，2006 年

有没有特别喜欢的摄影师？平时在影像方面看哪些方面的资讯，比如马格南？

马格南以前看得比较多，但是现在已经不能满足我了。我会买大量影像方面的书籍，不会特别迷恋单独一个摄影师或者迷信权威。一般出国的时候会购买一些画册，其中一些摄影师并不一定很有名。比如，我最近买到一本俄国人拍彼得堡的画册，都是以传统手法拍出的黑白老照片，虽然很多都是出自无名氏之手，但是非常之精彩，不亚于大师的作品。

还有我比较喜欢马丁·帕尔的作品，他的作品色彩感非常强，而我自己也是只拍彩色，不拍黑白的。这可能也是由于没拍过胶片的关系，所以没有“黑白情结”。在我看来，彩色是比较能还原世界原貌的，而且也比较难把握。

另外，就摄影书籍方面，顾铮与阮义忠先生编写的书对我影响比较大，可以帮助我了解到很多摄影家的成长经历，他们中的很多也是从发烧友起步的，而且很多一辈子都是发烧友。

你的很多图片都是在工作旅行中拍摄的，如何避免拍出走马观花的“糖水片”呢？

其实我最初拍的也是“糖水片”。我觉得这没什么不好。“糖水片”是一种美学现象，比如它的风格一般比较唯美，有几个不可缺少的元素，人与风景的结合、风光天气等等。它的存在有一定合理性，但或许美学价值并不高。

那你觉得现在自己拍的是“糖水片”吗？

我的片子比较明媚，所以可能会使人产生“糖水片”的联想。

纽约，2007 年

悉尼，2008 年

你游历过许多城市，也拍了很多关于城市的照片，能不能分享一下拍摄心得。

我一般比较喜欢大都市，因为它丰富。对于我来说，同样一个十平方公里的区域，城市会比农村有意思很多。在农村，稻田就是稻田，草木就是草木，千篇一律，而城市却由于到处都是人，所以充满了变化，每分每秒都在发生故事，有很多可选择的题材不断刺激我的眼睛。在国外的时候，我把大部分时间留给了街头，只有在雨天才会去美术馆和博物馆。

深陷在陌生的大都市，难道不会觉得浮躁吗？

不会，越是节奏快的地方我越是感觉如鱼得水。我喜欢到“脏乱差”的地方，还有就是高密度的城市。对于我来说，人的密度、建筑的密度与出片的密度是成正比的。比如纽约，我去过好几次，每次去都很兴奋，走都走不厌。城市生活在我看来就是各种稀奇古怪、有趣事情的集合点。相对来说，我就不太喜欢波士顿，那是个单调、乏味、刻板、装紧的有产者城市。

近几年很多纸媒记者都开始从事当代摄影这一块的活动，并且都有所建树。在影像捕捉和表达上，你觉得他们的优势在哪里？

我觉得这是一件好事情，以前我们说摄影有专业与业余之分，所谓“专业”，无非指的就是拥有占有机器的资源，因为以前拥有相机和胶卷对于普通人来说是一件奢侈的

印度王舍城，2011 年

事情。但自从有了数码之后，这个壁垒就被打破了，老百姓拿着傻瓜机也能拍出好照片。我一直相信每个人都有拍照的才能，只是以前没有机会而已。这也是为什么我之前说“糖水片”没什么不好的原因，因为有了拍照的机会，拍着拍着就能拍出好照片了。

至于优势，在媒体圈的记者有很多出差的机会，可以接触更多的人与事；由于职业习惯，记者会更多关心和观察周围的一切，会留意到别人不注意的地方。当然这个角色也有两面性。记者拍照都比较快，比较匆忙，而且，可能由于职业习惯拍出的容易都是新闻摄影风格的照片。

我因为在周报，工作节奏相对日报会缓和一些。加上我是文字记者，拍照只是业余爱好，会比较从容，我可以把更多的时间留给自己的创作，而不是单纯地完成任务。

云门舞集《红楼梦》，上海，2005 年

你如何会想到以孩子作为主要的拍摄对象？你如何与他们互动的？

拍孩子是因为孩子相对于大人来说更容易接近，成年人容易有戒备心。很多人问我，为什么孩子看到我总能笑得很开心？说实话这个问题我也无法回答，有些东西是言语无法表述的。

非要说到拍摄方式的话，第一无非就是对他们微笑；第二就是与他们保持相对平等的高度；第三就是尽量靠近孩子，我拍摄用的基本是 17-40 广角镜，和孩子们的距离非常近。孩子总能给出反应，而且是积极的反应。大多数孩子的表现都是很自然的，不会有表演的痕迹，不会在乎镜头的存在，该干什么就干什么。有的孩子甚至还会主动配合你、引导你，譬如哈瓦那小女孩的那张就是这样，尽管语言不通，但不影响交流和互动，那些动作都是在拍摄过程中，她自己摆出来的，好像知道你要什么，收获也就往往大大出乎意料。

我从来没有像拍摄孩子这样近地拍过成年人，这可能和我内向的性格有关，拍摄成年人的时候总是有沟通的障碍，唯独在拍摄孩子的时候是最轻松、毫无心理负担的，拍的时候自己也会特别开心。

你好像比较倾向拍摄孩子的快乐一面？

其实孩子的各种状态我都拍过，我在喀什还拍过一个孩子哭的过程，孩子也有忧伤和沉默的时刻，但是在最后选片的时候我比较倾向于选择他们欢笑的一面。

你提到了自己不太拍人，却很喜欢拍摄城市生活，这难道不是矛盾的吗？因为人往往是城市生活的一个重要组成部分。

很少拍成年人的一个主要原因是我对成年人的生活不太好奇。而在我看来，人就是城市生活里面的一棵树或者一根草，只是我取景框里的一个“物”，一种“颜色”。这可能也是我与马格南摄影师的一个不同，他们很强调刻画人物性格和特征，而我的照片里面很少会有关于人物的特写。我也不用定焦镜头，一直用广角。

顾铮老师评价你的作品中“诗意与事实之间的矛盾得以缓和甚至消失”，说你的摄影是诗歌与图像的对接，将诗的感染力辐射到了图像本身。你自己如何看待这样的评价？

顾老师讲这句话的时候我刚开始拍照，拍得还不太好，大多是静态的漂亮风景，我一直把他的话当成鼓励和鞭策，现在题材更多一些，表现手段也会丰富一些。不过拍照与写诗一样都是需要想象的，没有想象力的话，很多照片都拍不出来。我在拍摄前会有某种期待，但不做预设，也无法预设。

除了孩子，我的街头摄影比较多、其他就是舞台摄影。舞台摄影很有挑战性，因为光线条件比较复杂。在舞台艺术里面，我最喜欢拍现代舞，其喜欢的程度远远超过喜欢芭蕾舞，芭蕾舞非常程式化，几个回合下来，根据音乐就可以把握他的节奏，但是现代舞即兴的成分非常高，你永远无法预先知道台上演员的下一个动作是什么。

《歌曲》［意大利 ATER 芭蕾舞团］，2006 年

为什么对舞台摄影情有独钟？是因为技术上的挑战？

舞台摄影我已经积累了一定的经验，技术上的挑战现在对于我来说可能已经不存在了。舞台之所以吸引我，一个可能是因为舞台上的光影比现实生活中较丰富；其次我对于人在特殊光照下的形体很感兴趣，那种立体感很美。很多时候我对戏剧本身并不感兴趣，我不一定关心他们演什么，但是我对于舞台有一种特殊的迷恋，我喜欢剧场的氛围，包括台前台后。有些国外团体来演出时，我经常会跑去拍他们排练，那时候不用担心影响到观众，可以自由地走来走去。

感觉你的作品大都显得很松弛，是否和拍摄心境有关？

可能与我大多选择在阳光下拍摄有关系，就像向日葵，我是向着太阳的。拍照使我快乐，即使有的时候走了一天，一张好照片都没拍到，仍然很快乐。对于我来说，拍照享受的不是结果，而是这个行为本身想怎么拍就怎么拍，拍坏了大不了再拍，没什么心理负担。

拍照是有无限可能性的，不论从器材的更新、手法的实验或者个人的认识上，总有不断提升的空间的。我从来不感觉自己在拍照上有什么“瓶颈期”，时间永远不够，总是觉得“天暗得太早了。”

有人说“业余爱好者往往才是真正的大师”，你如何看待这句话？

我一直觉得自己就是一个摄影爱好者，一个“票友”，拍照纯粹是为了好玩。但是，摄影还是需要一定的专业性，要投入大量的时间与精力。我曾经采访过马克·吕布，他就提到要成为一个摄影师，首先要有一个结实的照相机和一双结实的鞋子。他强调了勤奋，而现在大多数人足够聪明，却少了勤奋。拍照是很单纯的个人行为。鲍德里亚就是摄影票友，拿了个傻瓜机就能拍照，我希望自己也能做到那样。

拍照不需要牵涉太多的人和事，操作也比较简单，尤其现在到了数码时代，连暗房都不需要了，多好！而且我比较开心的是，我送本书给别人，别人还不一定看，但是我如果送张照片，人家说不定会挂墙上。人家说我拍照拍得好，远比说我诗写得好令我开心！

有没有这种情况，在写作的时候头脑里出现了某个意象，会在现实中找寻相应的影像？

不会。但是有人给我出过主意，就是出本摄影集并且配上自己的诗歌，一面是诗歌，一面是文字，这个想法很好。但我觉得我很难给自己的诗歌找到对应的画面。除非别人来帮我做这样的事情，比较客观，或许能找到共同点。

你以前也拍过纪录片，你在拍摄静态影像和制作动态影像之间有什么不同的感受吗？

拍照和拍电视纪录片完全是两

香港，九龙塘，2007 年

码事。但是我现在回忆起来，当初我拍纪录片的时候对镜头还是很讲究的。那个时候电视台用的是对编机，但是我会不厌其烦地先音乐打底，然后根据节奏一个个镜头去剪接画面，常常一天都做不了多少，但是我却很高兴做这个事情。这可能因为我对于影像有一种天生的敏感性。

应该说，Video 的宽容度比摄影要大，但是静态影像更难拍。

现在有人觉得静态影像会被动态影像取代，你觉得呢？

我很反感一些摄影师在现场拿着相机调到连拍一阵狂按，到底是你在拍照还是机器在拍照呢。

就是毫无思考了。

对。但是这种可能比较适合报纸，因为赶时间，而且最后也只用一张。

圣彼得堡，2011 年

你如何看待静态影像和动态影像两者的角色呢？

它们的重点不同，价值也不同，拍摄设备不同，表现手法、创作者的心态也不同。唯一相同的就是它们都属于“影像”这一媒介。

比方说，我们同样用照相机和摄像机去记录一个事件，照相机记录的是一个瞬间，但是摄像机记录的是一个过程，这就是一个差别，都是有价值的。

我记得当时美国有一组很有名的获得普利策奖的作品，是用照片记录了家里的一对姐弟从楼梯上摔下的过程。在那个过程中，人的表情是放大了的，肢体也很清楚。同样的过程如果用摄像机来记录就不会那么清晰。

你的意思是照片更能抓住“决定性瞬间”？

不，也不是。我觉得“决定性瞬间”太狭窄了。

回到刚才的话题，照片在这一过程中其实是把情感的东西放大了，不单单表现了事件，还表现了人的恐惧、慌张、失魂落魄和无助。

同样的，光看照片又不能完整地记录整个过程，所以动态影像的东西也是需要的，两者都是不可缺的，都有其存在的价值。

那我们现在来谈谈布列松的“做作”吧。

现在摄影界的很多人对于布列松已经很不以为然了，觉得他有点“小家子气”，做一些过于精巧的安排。布列松的风格比较清新，这些对我都是有影响的。但是难道一定要等在一个转弯角等一辆自行车过去才能拍照吗？这样就太设计了，意思不大，取巧的东西太多了。

记得让卢普·西夫［Jeanloup Sieff］就对“决定性瞬间”很不以为然，他说：布列松给自己订下了许多规则，如果没有达到某些几何上的要求，他就不按快门，即使世界爆炸，他仍然要按照他的几何原则去拍照。

我拍照时百无禁忌，任何人的美学观点我都可以接受，也可以不接受。怎么舒服怎么拍，不会为一种学术观点所左右。

你会不厌其烦地去同一个地方拍照吗？

会的，比如我去纽约的时候，经常会不知不觉地去纽约大学的华盛顿广场，即使有的时候并没有什么收获。

你在一个地方等一个小时的收获大，还是出去走一个小时的收获大呢？其实概率是一样的。并不一定要到处跑才能拍照，其实你待在家里，躺在床上也能拍照，因为光影是在不停变化的。这样想你就会很释然，我从来不会因为错过什么，或者拍坏一张照片而懊恼。拍不到就等下一张好了。

摄影比较开心的一点就是，它能调动你所有的能量，集中所有的注意力去完成一个作品，这和文学创作其实非常相像，只不过载体不同。全神贯注，这种忘我的状态是非常叫人愉快的。很难想象一个人一边接电话一边三心二意地拍照。

还有一点，就是拍照让我去了更多的地方，如果不是拍照，去一个地方走马观花看看就算了，但是拍照以后就是有意识地走了更多的路。

你会有人潮恐惧症吗？

没有，摄影有一个好处，就是它给了你一个保护色，让你有了一个去接近别人的理由，当你手里有了相机，接近人群也就变得理所应当了。这和我记者的职业一样，如果我不是记者，不会去采访那么多人，认识那么多人。

现在回顾一下，觉得自己的摄影经历了哪些阶段？

最早用 G5 的时候，很多抓拍的镜头是无法拍的，主要拍的是风光。后来用 10D，再后来用 Mark II 就拍一些动态的东西比较多，比如舞台的东西。其实舞台我在用 G5 的时候就开始拍，但是拍得不好。

我还是很期待你的诗歌和照片结合出一本书的。

这个要别人来做，我自己真的没办法做。

你在写作时会有想象的画面吧？

有的，但是拍出来就不一定是那么回事。不过我在《书城》封二经常会发表一些文字配上自己的照片。他们问我要稿子了，我才写。一年也没几张。

阿姆斯特丹，2012 年

你觉得这种文字和照片的结合会产生 1+1>2 的效果吗？

《书城》那个栏目叫做“摄手记”，就是摄影手记，记录拍摄这个照片的过程。很多在照片中没有讲到的东西可以通过文字表述清楚，这点我挺感谢《书城》的编辑彭伦，他逼着我写了很多东西，没有他的约稿，我不会想到写那样的文字。我自己也很喜欢这种形式，过了一段时间你再回过头看照片，会有许多新的发现。

你觉得现在摄影发烧友在摄影方面存在哪些问题？

很多发烧友是不是太迷信器材，太迷信技术指标了。其实决定照片好坏的恰恰不是这两点，而是一个人的眼睛和他的感觉。

你觉得这种感觉是天生的吗？

天生的。

这么说要打击很多人了。

当然这么说可能有些绝对，有种感觉可能是天生的，但是构图、色彩的训练是后天的。

你觉得现在中国摄影圈有什么问题？

和文学圈的问题一样大。什么样的社会就有什么样的创作。今天的中国是一个比较浮夸、急功近利的社会，所以拍出的照片大多也是如此，这也不奇怪。中国摄影师拍出来的作品都大同小异，真正有个性的不多。大多数还是停留在记录的层面，比如浦东造了一幢高楼，他把它拍下来了，十几年后这张照片可能会有价值，但那是史料价值。

你觉得这种问题在短时间内可能得到改善吗？

或许某一天会有一大批某个年龄段很有实力的摄影家横空出世，星宿集体下凡，就像文艺复兴时期的意大利，然后这个时代一下子就被改变了。目前还是很寥落的。

你喜欢看电影吗？喜欢哪一类电影？看电影会不会影响你的影像观？

我喜欢黑帮电影。喜欢马丁•斯科塞斯，我喜欢他电影里那种光影的变化。比如一个杀手夜晚从车里出来，逆光打过来，人行道上冒出白色的热气。到了纽约才发现，其实这是很写实的，现实中真的有这样的场面，一模一样。

主要看美国的黑帮片多？

香港的也看，看早期的那些，现在香港也拍黑帮片，但是不如从前。

黑帮片主要还是影像上比较吸引你。

故事也好看。

你看纪录片多吗？

纪录片不怎么看。看纪录片好

纽约，东村，2006年

像中彩一样，看个一百部好不容易才能看到一两部好的,需要很大的耐心。但是我很喜欢看 BBC 的专题片。

目前有什么最想拍的题材或者想尝试的风格吗？

我最想拍的照片，你一定想不到，并不是现在拍的照片，而是 *Vogue* 上的大片。

我觉得你在影像上的审美和文字上的风格真的差挺大的。似乎影像上追求比较刺激感的东西。

是不太统一。一般来说，你喜欢的东西都往往是达不到的，遥不可及，所以才喜欢。比如诗歌上，我比较喜欢聂鲁达，因为我永远达不到。如果觉得很轻易就能达到，就不会去想他了。

还是比较特别的，大多数人潜意识里还是会倾向和喜欢与自己审美比较相像的一面。

我不会。那样的东西不稀奇。

看到你很多拍国外的照片，却很少看到你拍上海，这是什么原因呢？

我对上海的感情一直很复杂，也许是因为出生和生活在上海，这座城市对我太过熟悉，缺乏距离的缘故。也许需要一本书才能够表达，好在已经在着手做了。

2009 年

跋

2005年冬天，从波兰南部的卡托维茨坐火车去别尔斯科－比亚瓦，红色的车厢空空荡荡，刚拖过地的地板还是湿的，空气里弥漫着一股铁锈味。对面的座位上，过早谢顶的男人在读一本封面花哨的通俗小说。

这是一趟不断在小站停靠的慢车，刹车的声音尖厉刺耳。车窗外的站台、白色的农田、湖泊上的点点寒鸦、从颤抖的树枝上落下的积雪……我没有取出照相机，但眼前的景物并未因此而消失和遗忘。

一直有人问我，你拍的是哪种类型的照片？风光、人物、纪实，还是观念？也许都是，又都不是。

因为摄影，有了更多的旅行；因为旅行，有了更多的照片。但我最想拍的照片很像那趟波兰列车上的所感，是我来不及拍下来的，也是拍不下来的东西——是看不到的景物、听不到的声音、莫名来去的气味和色彩、

颤动的心情，它们或被遮蔽，或随风而逝，或隐藏在某个隐秘的角落，它们储存在我头脑的记忆卡中，长久挥之不去，在黑暗里等待着对应时刻的到来。定格是无意识的选择，也是必然的巧合。我在凝视风景的时候，风景也在注视着我，是这张照片选择了我，而不是我在此刻按下快门。

这样的照片注定是一张不可名状、无法言说的照片，也许根本就无法拍到。然而，转瞬即逝、缥缈如鬼魅一般的光线和声音，不正是生命的痕迹吗？

摄影如同诗歌，是两辆平行的马车，它让我学会了等待，让我看到了更多原先视而不见的事物，学会了放心地睡去，并在梦中醒来——只有闭上眼睛的时候，我才能看到更多。

博尔赫斯说过：“我希望时间会变成一个广场。”照相机只是一个让我的所思暂时安身的处所、一个压扁了的铁皮罐子。时间的广场可以容纳很多意外，时间之外的一切，也许只是多余的忧愁。

2012 年 5 月

图书在版编目（CIP）数据

摄手记 / 王寅著 . — 北京 : 生活·读书·新知三联书店，2012.10
ISBN 978—7—108—03787—9

Ⅰ . ①摄… Ⅱ . ①王… Ⅲ . ①随笔—作品集—中国—当代 ②摄影集—中国—现代 Ⅳ . ① I267.1 ② J421

中国版本图书馆 CIP 数据核字 (2011) 第 142803 号

责任编辑　张　琳
装帧设计　朱　锷 + 汪　阁
责任印制　郝德华
出版发行　生活·讀書·新知 三联书店
（北京市美术馆东街 22 号 100010）
经　　销　新华书店
印　　刷　北京图文天地制版印刷有限公司
版　　次　2012 年 10 月北京第 1 版
2012 年 10 月北京第 1 次印刷
开　　本　880 毫米 × 1230 毫米 1/32 印张 8.25
字　　数　80 千字 插图 148 幅
印　　数　0,001—8,000 册
定　　价　50.00 元